我的外婆

文：關嘉利　圖：鄧斯慧

我的外婆是手藝高超的廚師。
每天早上，香噴噴的味道飄到我的房間，叫我起床……

外婆是很厲害的髮型師。
她常常一邊剪，一邊笑着說：
「剪了頭髮，快高長大。」

外婆還是一位畫家。
窗的左邊掛着白色的衣服，
右邊掛着彩色的衣服，顏色好看極了！

外婆又是魔術師。

昨天變出棒棒糖，今天變出魚蛋燒賣。

我好奇地想着，不知道明天外婆會給我變出甚麼呢？

外婆也是天使。她總能滿足我很多願望。
她抱着我說：「只要你開心，我也就開心！」

外婆還是馬拉松運動員。
到學校接我，又趕緊去菜市場。
去了這一檔買菜，又跑到那一檔買肉。

外婆還是大力士。
她有時候替我背着重重的書包，
手上提着滿滿幾袋肉菜，
有時候還背着睡着的我。

我發現，外婆的腦袋是個漫無邊際的宇宙，甚麼都裝得下。

她總會記得甚麼時候帶我去打預防針，
甚麼時候帶我去上鋼琴班，
甚麼時候帶我去看牙醫……

夜晚時，外婆肯定會變成眼睛敏銳的貓頭鷹，
我寫字時少了一筆一劃總是逃不過她的雙目⋯⋯

外婆是不用睡覺的超人。

白天睜開眼睛她在看着我，半夜睜開眼睛
她也在看着我。

外婆耳朵可靈敏了！

噔噔噔⋯⋯嘶嘶、嘶嘶⋯⋯

「你又偷吃零食了！」外婆在房間裏喊着。

外婆是我的老師。她教我綁鞋帶。

後來，我會自己綁鞋帶了。

我也會自己背書包了……
我想：
等我長大了，我也能背起外婆了……

我走得越來越快了。
可是，外婆走得越來越慢了……

外婆的白頭髮越來越多了。

一、二、三⋯⋯我數也數不完。

最近，外婆好像總是聽不到我說話。
我要多說幾次，大聲喊着，她才聽得到。

外婆也老是瞇著眼睛看東西。
我大聲地在她耳邊說：「外婆，我現在上小學了，會很多字了，我讀給您聽。好不好？」

不知道甚麼時候開始，外婆常常忘記事情……

連出門時，她都忘記了綁鞋帶。

　　我長得越來越高了。外婆卻越來越矮了。
　　我一直想知道，外婆背上彎彎的到底是甚麼東西？

後來有一天放學，我等不到外婆了。
大人都說，外婆去了很遠很遠的地方。

不知道很遠的地方有多遠，
外婆會不會走得很累。
我很想自己已經長大，能背起外婆了⋯⋯

書　　名　我的外婆
作　　者　關嘉利
插　　圖　鄧斯慧
責任編輯　郭坤輝
美術編輯　郭志民
出　　版　小天地出版社（天地圖書附屬公司）
　　　　　香港黃竹坑道46號新興工業大廈11樓（總寫字樓）
　　　　　電話：2528 3671　　　　傳真：2865 2609
　　　　　香港灣仔莊士敦道30號地庫（門市部）
　　　　　電話：2865 0708　　　　傳真：2861 1541
印　　刷　亨泰印刷有限公司
　　　　　柴灣利眾街德景工業大廈10字樓
　　　　　電話：2896 3687　　　　傳真：2558 1902
發　　行　香港聯合書刊物流有限公司
　　　　　香港新界荃灣德士古道220-248號荃灣工業中心16樓
　　　　　電話：2150 2100　　　　傳真：2407 3062
出版日期　2021年7月初版・香港